U0022430

兒童文學叢書
·影響世界的人·

兩千五百歲的酷老師

至聖先師孔子

李寬宏／著　　武建華·張維采／繪

三民

國家圖書館出版品預行編目資料

兩千五百歲的酷老師：至聖先師孔子 / 李寬宏著;
武建華,張維采繪.－－初版三刷.－－臺北市:三
民，2016
面；　公分－－(兒童文學叢書. 影響世界的
人系列)

ISBN 978－957－14－4004－0　(精裝)

1.(周)孔丘(551B.C.－479B.C.)－傳記－通俗作
品

121.23　　　　　　　　　　　　　93002448

© 　兩千五百歲的酷老師
—— 至聖先師孔子

著 作 人	李寬宏
繪 　 圖	武建華　張維采
發 行 人	劉振強
著作財產權人	三民書局股份有限公司
發 行 所	三民書局股份有限公司
	地址　臺北市復興北路386號
	電話　(02)25006600
	郵撥帳號　0009998－5
門 市 部	(復北店)臺北市復興北路386號
	(重南店)臺北市重慶南路一段61號
出版日期	初版一刷　2004年4月
	初版三刷　2016年3月
編 　 號	S 781051

行政院新聞局登記證局版臺業字第○二○○號

有著作權·不准侵害

ISBN　978－957－14－4004－0　(精裝)

http://www.sanmin.com.tw　三民網路書店

※本書如有缺頁、破損或裝訂錯誤，請寄回本公司更換。

多彩多姿的世界

（主編的話）

　　小時候常常和朋友們坐在後院的陽臺，欣賞雨後的天空，尤其是看到那多彩多姿的彩虹時，我們就爭相細數，看誰數到最多的色彩——紅、黃、藍、橙、綠、紫、靛，是這些不同的顏色，讓我們目迷神馳，也讓我們總愛仰望天際，找尋彩虹，找尋自己喜愛的色彩。

　　世界不就是因有了這麼多顏色而多彩多姿嗎？人類也因為各有不同的特色，各自提供不同的才能和奉獻，使我們生活的世界更為豐富多彩。

　　「影響世界的人」這一套書，就是經由這樣的思考而產生，也是三民書局在推出「藝術家系列」、「文學家系列」、「童話小天地」以及「音樂家系列」之後，策劃已久的第六套兒童文學系列。在這個沒有英雄也沒有主色的年代，希望小朋友從閱讀中激勵出各自不同的興趣，而各展所長。我們的生活中，也因為有各行各業的人群，埋頭苦幹的付出與奉獻，代代相傳，才使人類的生活走向更為美好多元的境界。

　　這一套書一共收集了十二位傳主（當然影響世界的人，包括了形形色色的人群，豈止十二人，一百二十人都不止），包括了宗教、哲學、醫學、教育與生物、物理等人文與自然科學。這一套書的作者，和以往一樣，皆學有專精又關心下一代兒童讀物，所以在文字和內容上都是以深入淺出的方式，由作者以文學之筆，讓孩子們在快樂的閱讀中，認識並接近那影響世界的人，是如何為人類付出貢獻，帶來福祉。

　　第一次為孩子們寫書的龔則韞，她主修生化，由她來寫生物學家孟德爾，自然得心應手，不作第二人想。還有唐念祖學的是物理，一口氣寫了牛頓與愛因斯坦兩位大師，生動又有趣。李笠雖主修外文，但對宗教深有研究。謝謝他們三位開始加入為小朋友寫作的行列，一起為兒童文學耕耘。

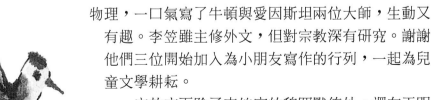

　　宗教方面除了李笠寫的穆罕默德外，還有王明心所寫的耶穌，和李民安所寫的釋迦牟尼，小朋友

讀過之後，對宗教必
定有較為深入的了解。她們
兩位都是寫童書的高手，王明心獲得
2003 年兒童及少年圖書金鼎獎，李民安則獲得 2000 年小太陽獎。

　　許懷哲的悲天憫人和仁心仁術，為人類解除痛苦，由醫學院出身的喻麗清來寫他，最為深刻感人。喻麗清多才多藝，「藝術家系列」中有好幾本她的創作都得到大獎。而原本學醫的她與許懷哲醫生是同行，寫來更加生動。姚嘉為的文學根基深厚，把博學的亞里斯多德介紹給小朋友，深入淺出，相信喜愛思考的孩子一定能受到啟發。李寬宏雖然是核子工程博士，但是喜愛文學、音樂的他，把嚴肅的孔子寫得多麼親切可愛，小朋友讀了孔子的故事，也許就更想多去了解孔子的學說了。

　　馬可波羅的故事我們聽得很多，但是陳永秀第一次把馬可波羅的故事，有系統的介紹給大家，不僅有趣，還有很多史實，永秀一向認真，為寫此書做了很多研究工作。而張燕風一向喜愛收集，為寫此書，她做了很多筆記，這次她讓我們認識了電話的發明人貝爾。我們能想像沒有電話的生活會是如何的困難和不便嗎？貝爾是怎麼發明電話的？小朋友一定迫不及待的想讀這本書，也許從中還能找到靈感呢！居禮夫人在科學上的貢獻舉世皆知，但是有多少人了解她不屈不撓的堅持？如果沒有放射線的發現，我們今天不會有方便的 X 光檢查及放射性治療，也不會有核能發電及同位素的普遍利用。石家興在述說居禮夫人的故事時，本身也是學科學的他，希望孩子們從閱讀中，能領悟到居禮夫人鍥而不捨的精神，那是一位真正的科學家，腳踏實地的真實寫照。

　　閱讀這十二篇書稿，寫完總序，窗外的春意已濃，這兩年來，經過了編輯們的認真編排，才使這一套書籍得以在孩子們面前呈現。在歲月的流逝中，這是多麼令人高興的事，我相信每一位參與寫作的朋友，都會和我有一樣愉悅的心情，因為我們都興高采烈的在一起搭一座彩虹橋，期望未來的世界更多彩多姿。

親愛的小朋友和大朋友：

　　你會不會覺得我吃錯了什麼藥？都二十一世紀了，飛機滿天飛，機器人能彈鋼琴，網路能讓你和臺灣、日本、美國、歐洲的朋友隨時聊天或互送電子郵件，而我，居然還在寫孔子！

　　記得以前我就讀的小學有一尊孔子的銅像，眼睛看著遠方，臉上沒什麼表情，銅像基座上寫了四個很大的、直排的金字：「萬世師表」。

　　我那時不知道什麼是「萬世師表」，要等長大以後才曉得。在那個時候，我只覺得那麼乾淨的校園，放了一個烏漆墨黑的銅像實在很煞風景，他們怎麼沒想到放一個漂亮的歌星或電影明星的蠟像？

　　對啊，孔子，那個一天到晚板著臉孔教訓人的糟老頭子，無聊死了，誰會對他感興趣？

　　我起先真的這麼想，直到後來多讀了幾本書，並且和一些有學問的朋友討論，才發現自己真是大錯特錯。

　　所以，我到底為什麼要寫？有兩個原因，讓我告訴你。

　　第一，我們一直以為他是個嚴肅拘謹、無趣乏味的人，其實我們都誤解他了。如果他地下有知，一定會學歌仔戲或布袋戲的口吻大喊：「大人！冤枉啊！」

　　讀完這本書以後，你就會發現孔子的為人非常幽默風趣。他有時開學生的玩笑，有時也調侃自己。他教書的方法更是生動有趣，和學生有問有答，而且依照學生不同的個性做不同的教導，絕對不是填鴨式的教育。他的教材，德、智、體、群、美五育並重，一點也不枯燥。

　　還有，告訴你一個祕密：孔子很喜歡唱歌。如果他是一個 e 世代的小伙子，

鐵定會戴一副太陽眼鏡，背著吉他，站在臺上一面跳拉丁熱舞，一面大唱特唱：「對面的女孩看過來，看過來，看過來……」

我寫孔子的第二個原因是想解開一個謎：我們都知道他很偉大，可是，他到底偉大在哪裡？

首先，他是中國第一個創辦平民學校的人。在他以前，只有貴族的小孩才能上學，他的學校使一般老百姓的小孩也有受教育的機會，替國家造就許多優秀的人才。

其次，像我們剛剛講過的，他是一個很酷的老師。兩千五百年後，他的教學方法仍然走在時代前面，一點也不落伍。

孔子還有一個了不起的地方，就是兩千五百年來，他的思想深深的影響了我們中國人，以及亞洲許多國家人民的為人處世。他教我們做人要光明正大，不要鬼鬼祟祟；對人要有愛心，凡事替別人著想。最近有許多歐美的學者，也了解他的偉大，開始研究他的思想。

我小學孔子銅像基座上寫的「萬世師表」，意思就是「永遠永遠的老師」。你現在知道孔子是一個怎樣的老師了，我想你會同意這種說法吧！

現在，請你找個舒服的地方坐下，嘴角帶著微笑，把書翻到正文的第一頁，然後對孔子說：「嗨！」

李寬宏

孔 子

君子在倒霉的時候仍然堅守他的原則，

不會亂來；

小人一碰到不如意的事情，

就會胡作非為。

孔子的綽號

　　嘿，你想不想聽孔子的故事？很好玩喔。

　　你一定覺得我在吹牛。孔子的故事無聊死了，怎麼會好玩？

　　我不怪你這麼想，有很多關於孔子的書，資料通常很豐富，但是比較嚴肅。不但如此，這些書有時還把一些有趣的事都省略掉了，大概覺得孔子太偉大了，所以應該讓他一天到晚板個臉，好像誰欠了他錢似的。

　　舉個例子，你的朋友很多都有綽號，像「大頭」啦，「小老鼠」啦，「黑皮」啦……等等。孔子也有個綽號，你知道是什麼嗎？

　　不，不是「丘」，那是他的名；也不是「仲尼」，那是他的字。所以我們說孔子，名「丘」，字「仲尼」。字，就是別名。名和字都是他父親替他取的，但是綽號卻是別人取的。

你知道為什麼他的名叫「丘」嗎？因為他剛生下來的時候，額頭很高，像個小山丘。那麼，為什麼他的字叫作「仲尼」呢？他是家中老二，「仲」，就是老二的意思。還有，他媽媽曾經到附近的尼丘山向神靈禱告，求祂們賜給她一個兒子，後來果然懷孕生了孔子。因此，把「尼」放在他的字裡，表示對尼丘山神明的感謝。

孔子的綽號你想出來了嗎？如果還沒有，不要緊，答案在最後一頁，等你讀完這本書，自然就知道了。給你一個提示：孔子的父親是魯國有名的大力士，身材非常魁梧，因此孔子也長得很高。他的綽號和他的身高有關。還是想不出來嗎？要是你實在太好奇，想現在就知道，我會假裝沒看到你在偷看。

第一所平民學校

　　孔子出生於西元前 551 年，所以他如果還活著，應該有兩千五百多歲了。那時中國分裂成許多小國家，有魯國、齊國、衛國等等。這些小國家整天你打我，我打你，亂七八糟，煩死人了。歷史上把這段時期稱作春秋時期。

　　孔子出生在魯國，也就是今天的山東省。他小時候家裡很窮，為了生活，曾經在倉庫裡管過帳，也曾經在牧場做過管理牛羊的事。關於他求學的經過，歷史書上沒什麼詳細的記載，只知道他從十五歲開始發憤讀書，常常因為被書裡有趣的知識吸引，而忘了吃飯和睡覺。這樣用功了十五年，到他三十歲時，已經成為一個很有學問的青年，不但魯國人尊敬他，連魯國隔壁的齊國也知道他。

　　有一次，齊國的國王齊景公到魯國訪問，還特別去拜訪孔子，向他請教治理國

家的方法。這是一件很光榮的事，為什麼呢？現在的學生通常是小學六年，國中三年，高中三年，大學四年，所以到大學畢業時，總共讀了十六年的書，比孔子多讀了一年。但是，你有沒有聽說哪一國的總統來我國訪問時，特地去拜訪哪個大學畢業生，向他請教如何治理國家？

大概就在這個時候，孔子開辦了一所學校，開始大量的招收平民學生。在這之前，所有的學校都是政府辦的，而且，通常只有貴族才能上學，一般老百姓根本沒有受教育的機會。所以，孔子是中國歷史上第一個開辦私立學校、推動平民教育的人。從此，在中國歷史上，受教育的平民以他們的智慧和專業知識，替國家做了很多事情。許多人聽說孔子設立學校，紛紛趕來報名。不但魯國的人來了，連鄰近許多國家像齊國、楚國、衛國的學生也來魯國留學，進入孔子的學校就讀。

問答式教學法

　　孔子的教學方法非常活潑，採取問答法，絕對不是「填鴨式」的教育。上課時他常常會問學生問題，也鼓勵學生問他問題。有時學生甚至會和他辯論，他一點也不生氣。透過師生間的問答，他不僅讓學生有發表意見的機會，同時，他也說出他的想法，無形中影響學生的做人處世。

　　舉個例子，有一天他的兩個學生，一個叫顏回，一個叫子路，陪在他旁邊。他就說：「你們兩個人，何不說說自己的志願呀？」

　　子路是一個性急的大個子，家裡很有錢，對朋友也很慷慨，可是有時會有點臭屁，這時就急急忙忙搶著說：「我願意把車子、馬、大衣和朋友分享，縱使用壞了，一點也不難過！」

　　顏回和子路剛好相反，他家裡很窮，因為營養不良，長得很瘦小，而且臉色蒼白。他個性溫和，做人循規蹈矩，做事一

絲ㄙ不ㄅㄨˋ苟ㄍㄡˇ，讀ㄉㄨˊ書ㄕㄨ又ㄧㄡˋ非ㄈㄟ常ㄔㄤˊ用ㄩㄥˋ功ㄍㄨㄥ，是ㄕˋ個ㄍㄜˋ模ㄇㄛˊ範ㄈㄢˋ生ㄕㄥ，孔ㄎㄨㄥˇ子ㄗˇ很ㄏㄣˇ疼ㄊㄥˊ他ㄊㄚ。等ㄉㄥˇ子ㄗˇ路ㄌㄨˋ講ㄐㄧㄤˇ完ㄨㄢˊ了ㄌㄜ，顏ㄧㄢˊ回ㄏㄨㄟˊ才ㄘㄞˊ輕ㄑㄧㄥ聲ㄕㄥ的ㄉㄜ說ㄕㄨㄛ：「我ㄨㄛˇ希ㄒㄧ望ㄨㄤˋ做ㄗㄨㄛˋ個ㄍㄜˋ謙ㄑㄧㄢ虛ㄒㄩ的ㄉㄜ人ㄖㄣˊ，不ㄅㄨˋ誇ㄎㄨㄚ耀ㄧㄠˋ自ㄗˋ己ㄐㄧˇ的ㄉㄜ能ㄋㄥˊ力ㄌㄧˋ，也ㄧㄝˇ不ㄅㄨˋ到ㄉㄠˋ處ㄔㄨˋ張ㄓㄤ揚ㄧㄤˊ自ㄗˋ己ㄐㄧˇ的ㄉㄜ功ㄍㄨㄥ勞ㄌㄠˊ。」

顏ㄧㄢˊ回ㄏㄨㄟˊ話ㄏㄨㄚˋ才ㄘㄞˊ說ㄕㄨㄛ完ㄨㄢˊ，子ㄗˇ路ㄌㄨˋ就ㄐㄧㄡˋ迫ㄆㄛˋ不ㄅㄨˋ及ㄐㄧˊ待ㄉㄞˋ的ㄉㄜ大ㄉㄚˋ聲ㄕㄥ反ㄈㄢˇ問ㄨㄣˋ孔ㄎㄨㄥˇ子ㄗˇ：「老ㄌㄠˇ師ㄕ，你ㄋㄧˇ呢ㄋㄜ˙？你ㄋㄧˇ的ㄉㄜ志ㄓˋ願ㄩㄢˋ是ㄕˋ什ㄕㄣˊ麼ㄇㄜ˙？」

　　孔子說：「我希望老阿公、老阿嬤平平安安的過日子，和朋友交往時大家都講信用，而且，每個小朋友都在爸爸媽媽的寵愛之下，快快樂樂的成長。」

　　子路、顏回和孔子的回答，反映出他們不同的個性和抱負。你呢？你將來想做個怎麼樣的人呢？

有教無類

　　孔子一生中總共教過差不多三千個學生，其中七十二個有很傑出的表現。這三千個學生中有老、有小，甚至有爸爸和兒子在一起上學的 —— 顏回的爸爸就是他的同學。孔子的學生各式各樣的人都有，有的很聰明，有的腦筋「控固力」，有的家裡很有錢，有的家裡很窮，有的父親做大官，有的父親只是個普通的老百姓。他一點也不在乎學生的智慧和家世，只要喜歡讀書，肯用功的學生，他就教。所以我們說他「有教無類」。

　　你如果心裡想，「這種阿貓阿狗都能進的學校，一定很好混」，那就大錯特錯了。孔子對用功的學生很好，但是對偷懶的學生就非常嚴格。他在上課時會不停的問學生問題，你要是沒準備而被他逮到，嘿嘿，那就糗大了。

　　有ㄧㄡˇ一ㄧ次ㄘˋ，他ㄊㄚ問ㄨㄣˋ子ㄗˇ路ㄌㄨˋ一ㄧ個ㄍㄜˋ問ㄨㄣˋ題ㄊㄧˊ，子ㄗˇ路ㄌㄨˋ不ㄅㄨˋ會ㄏㄨㄟˋ答ㄉㄚˊ，但ㄉㄢˋ是ㄕˋ又ㄧㄡˋ死ㄙˇ要ㄧㄠˋ面ㄇㄧㄢˋ子ㄗˇ，不ㄅㄨˋ肯ㄎㄣˇ承ㄔㄥˊ認ㄖㄣˋ，於ㄩˊ是ㄕˋ就ㄐㄧㄡˋ瞎ㄒㄧㄚ掰ㄅㄞˇ一ㄧ氣ㄑㄧˋ。孔ㄎㄨㄥˇ子ㄗˇ聽ㄊㄧㄥ了ㄌㄜ˙，知ㄓ道ㄉㄠˋ他ㄊㄚ在ㄗㄞˋ胡ㄏㄨˊ扯ㄔㄜˇ，就ㄐㄧㄡˋ罵ㄇㄚˋ他ㄊㄚ：「子ㄗˇ路ㄌㄨˋ，你ㄋㄧˇ給ㄍㄟˇ我ㄨㄛˇ好ㄏㄠˇ好ㄏㄠˇ聽ㄊㄧㄥ著ㄓㄜ˙！你ㄋㄧˇ對ㄉㄨㄟˋ一ㄧ件ㄐㄧㄢˋ事ㄕˋ情ㄑㄧㄥˊ，知ㄓ道ㄉㄠˋ就ㄐㄧㄡˋ說ㄕㄨㄛ知ㄓ道ㄉㄠˋ，不ㄅㄨˋ知ㄓ道ㄉㄠˋ就ㄐㄧㄡˋ老ㄌㄠˇ老ㄌㄠˇ實ㄕˊ實ㄕˊ說ㄕㄨㄛ不ㄅㄨˋ知ㄓ道ㄉㄠˋ，不ㄅㄨˋ要ㄧㄠˋ隨ㄙㄨㄟˊ口ㄎㄡˇ亂ㄌㄨㄢˋ講ㄐㄧㄤˇ！」

這種罵還算客氣的，有一個叫宰予的學生，就比子路倒霉。宰予很會說話，而且嘴巴很甜，所以剛開始孔子還蠻喜歡他的。有一天，宰予沒來上學，孔子以為他生病了，特地在下課的時間到他家慰問。結果到他家一看，宰予根本沒病，躺在床上睡懶覺。這下孔子真的生氣了，走到床邊，「啪！」的一聲用力打了他一下屁股。宰予正在做糊塗大夢，被嚇得跳起來。這時，孔子就指著他的鼻子大罵：「你呀，就像一塊爛木頭，根本沒辦法雕刻成任何東西，真是個廢物！我看你呀，簡直就像一片骯髒的土牆，根本沒有辦法粉刷的！」

你現在還認為孔子的學校好混嗎？

因材施教

　　孔子的學生很多，所以他針對每個人不同的個性，採取「因材施教」的辦法。有一天，在下課時，子路和一個叫冉有的同學在聊天。他們想到一個問題，可是不知道答案。於是子路就自告奮勇的說：「冉有！我去問老師，你也進來聽。」

　　說著，子路不等冉有，就「咚！咚！咚！」跑進教室問孔子：「老師，如果我心裡想到一件好事情，像去鄰居家幫忙他們餵豬、看牛啦，是不是一想到就馬上去做？」

孔子說：「那怎麼可以？你當然要先問你爸爸和哥哥的意見才行呀。如果他們不在家，你也要等到他們回來，問過他們才可以。」

等到冉有走進教室，子路早已經跑掉了。冉有沒聽到孔子的回答，只好再問一次：「老師，有個問題想請教您。如果我心裡想到一件好事情，是不是應該一想到就馬上去做？」

孔子笑咪咪的說：「那當然呀。既然是好事，當然要馬上去做，還等什麼呢？」

冉有恭恭敬敬向孔子鞠了躬，說：「謝謝老師！」然後才慢慢走出去。

孔子旁邊剛好有另外一個名叫公西華的學生陪著，就問說：「老師，我有一點不懂。子路和冉有都問您同樣的問題，為什麼您給他們的回答不一樣呢？」

孔子說：「公西華啊，我很高興你這樣問，表示你觀察事情很仔細。子路個性很急，做起事來莽莽撞撞，經常闖禍，所以我希望能夠節制他，使他謹慎一點。冉有嘛，剛好相反，個性非常穩重，有時做事遲疑不前，考慮太多，所以我希望可以鼓勵他，使他積極一點。」

通才教育

你心裡一定很好奇，想知道孔子的學生到底每天學些什麼東西。我把孔子教他們的課程介紹一下，你會發現他不但教學生讀書，還教他們做人，鍛鍊身體，生活的技能和培養正當嗜好，採取的是「通才教育」。孔子總共開了六門課，簡稱「六藝」。

一、禮節

我們都希望別人對我們有禮貌，和我們說話要和顏悅色，向我們借了東西要記得按時還，而且還的時候要說：「謝謝！」如果走路不小心撞到我們，更要向我們道歉說：「對不起！」你知道要怎樣才會使得別人對我們有禮貌嗎？孔子教學生說：「就是我們先要對別人有禮貌呀！」

二、音樂

你一定聽過一句廣告辭：「學琴的孩子

不會變壞。」其實，唱歌的孩子，彈吉他的孩子，吹喇叭的孩子也都不會變壞呀。音樂就是有這麼神奇的功能，不是嗎？你每次唱歌時都好快樂，快樂的孩子當然不會變壞！孔子知道這個道理，所以教學生音樂。連那個粗聲粗氣的子路都被他教得會彈瑟（像古琴的一種樂器），而且彈得很不錯哩（子路自己這樣想）。

孔子自己很喜歡音樂，他會彈古琴，彈瑟和擊磬（玉片做成的打擊樂器）。他還喜歡唱歌，每次聽到有人唱一首好聽的歌，就會請那個人再唱一次，同時他也跟著唱。我想，孔子如果生在今天，一定會喜歡唱卡拉OK。

三、射箭

沒想到孔子還會射箭吧？他告訴學生說:「我們平常對人要和氣，不要和人家爭權奪利。可是，在射箭比賽的時候，是一種公平競爭的運動，我們就不必客氣，要把所有的本領都使出來！」這門課相當於現在的體育課。如果那時有籃球、棒球、網球，我相信孔子也會帶學生打球。

四、駕車

是駕馬車，不是開汽車，因為那時還沒有汽車。不過，你想想看，兩千五百年前，能夠駕著馬車，在青石路上「的噠，的噠」走，也是一件很拉風的事。不但如此，駕馬車在當時是一種生活技能和戰鬥技能，也是很好的運動。

五、閱讀

這門課有點像現在的國語課，主要教學生認識生字和念文章。不但如此，孔子還鼓勵學生讀詩，認為詩像音樂一樣，能夠陶冶人的性情。

那時候的詩很多是四個字一句。比如孔子很喜歡教他們念的一首詩是「伐木丁

丁，鳥鳴嚶嚶。出自幽谷，遷于喬木。嚶其鳴矣，求其友聲。」請你把這幾句詩朗讀一遍，你會很喜歡。它們的大意是說：「森林裡，工人在丁丁當當砍伐樹木，小鳥在吱吱喳喳唱歌。這些小鳥從很深的山谷裡飛出來，飛到高高的樹上。牠們為什麼要吱吱喳喳唱歌呢？因為牠們要找尋朋友。」

六、算術

算術訓練我們的思考方法，使我們說話、做事比較有條理。同時，孔子也教學生記帳，它是一種很重要的謀生技能。孔子小時候曾經在倉庫裡管過帳，可見他的算術相當不錯哩。

夾谷之會

　　孔子除了教育學生，心裡一直有個願望，希望能在政府擔任公職，替更多的老百姓做事。他五十一歲那年，這個心願終於實現了。魯定公派孔子當中都這個地方的縣長，中都在現在的山東省。他才當了一年縣長，就把中都治理得有條有理，農人努力耕作，商人誠實做生意。因為治安良好，沒有小偷和強盜，大家晚上睡覺時根本不必關大門。路上交通井然有序，絕對不塞車。於是中都變成模範縣，全國的縣長都來考察，向孔子學習如何當老百姓的好公僕。魯定公看孔子表現優良，就把他升為工程部長，過了不久又把他升為相當於現在的司法院長兼行政院長。

　　齊國在魯國隔壁，他們的國王齊景公看到魯國重用孔子，國力越來越強大，心裡很著急，怕魯國將來成為超級強國，會來攻打齊國。於是齊景公把他的大臣叫來開會，問他們有什麼好辦法對付魯國。

20

有一個叫犁鉏的大臣，低聲在齊景公耳朵旁邊講了一些悄悄話，齊景公聽了非常高興，說：「好！好！你這辦法很好，我們就這麼做！」

幾天後，齊國的使者來到魯國，對魯定公說：「我們的國王齊景公非常佩服您的英明，把魯國治理得這麼好，想邀請您到夾谷這個地方開友好會議，商量我們兩國的合作計畫。」

魯定公聽完了齊國使者拍馬屁的話，尾巴都要翹起來了，以為自己真的很了不起。到了開會時間，隨便坐上一輛馬車，叫孔子和幾個隨從陪著，就要去夾谷。

孔子趕快向魯定公說：「這是個國際會議，我們不知道齊國在打什麼主意。為了安全起見，我建議帶一些精銳部隊前往保護您。」

魯定公覺得孔子說得有道理，於是命令兩個大將軍，帶著他們的兵士，先到夾谷的樹林裡躲起來，以防萬一。

魯定公隨後到了夾谷，和齊景公見過面、互相問好後，兩人便走上一個高臺，準備開會。

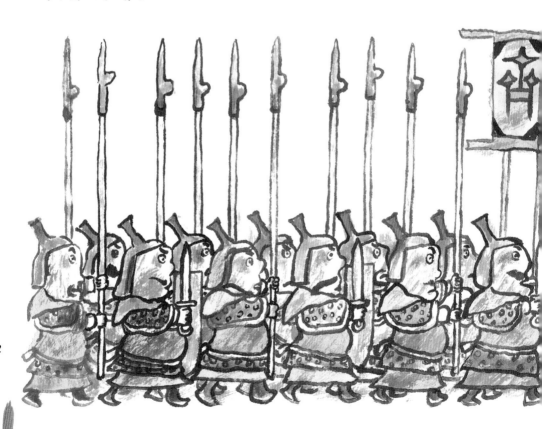

　　這時，主管典禮的齊國司儀大聲喊：
「請兩位大王欣賞民族音樂！」話才說完，
埋伏在四周的齊兵突然出現。這些士兵，
個個高頭大馬，走著整齊的步伐，把會議
的高臺團團圍住。他們手裡拿著刀、劍、
矛、盾，少數幾個沒拿武器的，就拿著鑼
鼓，用力敲打。

　　魯定公被嚇壞了，臉色蒼白，一直發
抖。孔子一看情況危急，馬上衝到會
議臺上，對齊景公義正辭嚴的說：「大
王！今天我們兩國和好，在這裡開
會，演奏這種不倫不類的民族音樂，
對我們的國君是一種侮辱，請大王命
令他們退下！」齊景公只是笑笑的看著
孔子，一句話也沒說。底下齊兵越走
越近，而且鑼鼓越敲越大聲。

原來，這就是犁鉏和齊景公商量好的陰謀：把魯定公騙到夾谷，先敲鑼打鼓羞辱他，然後再把他綁架。

孔子這時很鎮靜的站起來，對著臺下大喊：「將軍聽令！」

埋伏在樹林的兩個將軍立刻站出來，立正行禮說：「在！」

孔子說：「就戰鬥位置！」

兩個將軍轉身對樹林發令：「就戰鬥位置！」

躲在樹林裡的魯國部隊這時全部衝出來，把齊兵包圍住，而且一齊大喊：「殺！」

齊景公大吃一驚，沒想到魯國居然有準備。不但如此，魯兵數目還遠超過齊兵。他只好嬉皮笑臉的對孔子說：「哎呀，這只是個餘興節目，你們不喜歡，我叫他們走開就是了，何必發那麼大的脾氣？」

說著就揮手對底下的齊兵說：「退下！退下！」於是，魯定公的危機解除了，夾谷之會就這樣不歡而散。

齊景公親眼看到魯國強盛的軍容，回到齊國後越想越怕，怕魯定公報復，派大軍來攻打齊國。他忍不住把一些大臣臭罵一頓：「你們這些飯桶！我聽了你們的餿主意，得罪了魯定公，要是他派兵來打我們怎麼辦？你們說，現在該怎麼收拾這個爛攤子？」

　　有個大臣上前奏道:「大王，我聽說君子做錯事的時候，會用實際行動來謝罪；相反的，小人做錯事就用花言巧語掩飾他的錯誤。大王是一個正人君子，何不用實際的行動向魯國賠罪?」

　　齊景公聽了覺得很有道理，就把以前從魯國搶奪來的鄆、汶陽、龜陰這三個地方的田地還給魯國，向魯定公道歉。

　　孔子的智慧和勇氣，不但解救了魯定公，還替國家收復失土。他不但是個好老師，還是一個能幹的政府官員。

陳蔡絕糧

　　我再講一個孔子臨危不亂、沉著應變的故事給你聽。

　　楚國是個大國，聽到孔子的名聲，就請他去當國策顧問。那時孔子已經辭掉司法部長的職務，住在陳國和蔡國的邊界附近。這兩國都是小國，官員非常腐敗，孔子常常毫不客氣的批評他們，所以他們對孔子是又恨又怕。這些官員知道，孔子到了楚國，一定會叫楚國出兵來教訓他們這些敗類，所以，他們絕對不能放孔子走。

　　孔子接到楚國的聘書，高高興興帶著學生要去上任。結果，才走沒多久，就被陳國和蔡國的兵士在郊外包圍住，不准他們再走。包圍了好幾天，孔子和學生都沒東西吃，大家餓得只剩皮包骨，有些身體比較差的，根本都站不起來。可是，陳國和蔡國的士兵一點都沒有放行的意思。他們的企圖很明顯：要把孔子和他的學生全部活活餓死。

在這樣危急的情況下，孔子一點也不驚慌。他也很餓，但是強烈的意志力支持著他，使他仍然每天照樣講課、彈琴、唱歌。你一定以為他年輕力壯，所以餓幾天不要緊。其實，這時他已經是63歲的老人了。

子路是個大個子，平常要吃很多飯，現在好幾天沒飯吃，肚子早已經「咕嚕！咕嚕！咕嚕！」叫得像打雷一樣了。他心裡想:「哼！老師平常教我們做正人君子，對人要有愛心啦，講話要守信用啦，做事要循規蹈矩啦，說這樣就會贏得別人的尊敬。尊敬個鬼！我都快餓死了！」

然後子路看到老師居然還在那裡彈琴、唱歌，不禁火冒三丈，他衝到孔子前面，氣呼呼的說:「老師！你老是教我們要當個君子，君子也有這樣倒霉的時候嗎?」

孔子說:「當然有啊，人都有倒霉的時候。只是，君子在倒霉的時候仍然堅守他的原則，不會亂來；小人一碰到不如意的事情，就會胡作非為，瞎搞一氣。」

顏回本來躺在地上休息，聽到子路和孔子的問答，知道子路很沮喪，就坐起來鼓勵他說：「子路，我們今天會遇到這個危難，並不是我們做了什麼錯事，而是陳、蔡兩國官員自己貪汙腐敗，所以心裡有鬼啊！他們越兇，只是越發顯出他們的作賊心虛罷了！」

顏回一番話正好說中孔子的心事，孔子非常高興，不禁哈哈大笑對顏回說：「小顏啊，你就像是我肚子裡的蛔蟲，都知道我在想什麼。哪天你發財變成大富翁，我來做你的投資顧問，我們一定可以合作得很愉快。」

孔子一面鎮靜的講課、彈琴、唱歌，穩定學生的情緒，一面派學生子貢突圍去向楚國求救。過了不久，楚國大軍開到，把陳蔡的兵士打得落花流水，狼狽而逃。那天晚上，危機解除了，又有大魚大肉可吃，大家心情都很愉快。子路一個人就吃了十個大饅頭，還舞劍給大家看，贏得熱烈的掌聲。

孔子搞笑

有一次，孔子帶著學生到鄭國去玩，那天路上遊客很多，大家擠來擠去，結果孔子和他的學生擠散了。他很急，但是知道不能像無頭蒼蠅一樣到處亂跑，所以就站在城牆的東門旁邊等。

過了不久，果然看到子貢匆匆忙忙跑來，一面說：「老師，終於找到您了！可把我急死了！」

孔子很高興，問子貢：「你怎麼找到我的？」

子貢說：「我在路上一直問人，把您的模樣說給人家聽。後來有個人對我說：『我看到有個人，站在東門旁邊，額頭長得像古代的堯帝，脖子像古代舜帝時候有名的法官皋陶，肩膀像我們鄭國的大政治家子產，下半身嘛，像治水的大禹。他站在那裡，很著急的東張西望，像一隻無家可歸的流浪狗。我看他就是你的老師，你趕快去吧！』所以我就跑來了。」

孔子聽了，不禁大笑說：「哈哈哈！他說我的長相未免太離譜了，我比他說的樣子要帥多了。不過，他說我慌慌張張，像隻流浪狗，倒是很像，很像！哈哈哈！」

孔子的學生子游在武城當縣長，有一天，孔子和一些學生去看他。才進城裡，就聽到到處都是彈琴唱歌的聲音。孔子其實心裡很高興，知道子游一定把武城治理得很好，人民才會有閒情逸致彈琴唱歌。可是，當他見到子游的時候，卻故意頑皮的笑笑，調侃他說：「子游，你治理這麼一個巴掌大的地方，居然也用聖人那一套禮節、音樂的大道理啊？你這不是有點小題大作，殺雞用牛刀嗎？」

子游有點被搞迷糊了，就問孔子：「老師，您不是告訴我們說：『君子學了禮樂，啟發了高貴的情操，就會對人很仁慈；小人學了禮樂，性情變和順了，就會服從命令。』我只是遵照您的教誨去做而已呀。」

孔子趕快拍拍子游的肩膀，對旁邊的學生說：「你們大家聽著，子游說的一點也不錯。我剛才的話，只是在故意逗他，和他開玩笑的啦，你們可別當真。」

超級巨星

　　孔子不但是個偉大的教師、能幹的政府官員，也是一個了不起的思想家。他的思想中最重要的是「仁」這個想法。所謂「仁」，簡單的說，就是「愛別人」的意思。他不但把這個觀念一而再，再而三的教學生，自己更是以身作則，說到做到。

　　有一次，孔子的馬房失火了，僕人趕快來向他報告。他聽了以後，只問說：「有沒有人受傷？」一點都沒問馬有沒有燒傷或燒死，這就是關心別人的表現。還有，他的「有教無類」，使老百姓都有受教育的機會，更顯示出他對同胞的愛心。

　　你可能沒有養馬，或者還沒像孔子一樣開辦一間學校，但你也有很多機會可以實現他的教誨，做一個頂天立地的君子。他有一句「己所不欲，勿施於人」的話，說的也是「仁」的道理，在日常生活中就時常可以做到。這句話是說：「你不要人家怎麼對待你，你就不要那樣對待人家。」

比如說，你不要人家講你的壞話，你就不要講人家的壞話；你不要人家插你的隊，你就不要去插人家的隊；你不喜歡別人是個小氣鬼，你自己就不要當個小氣鬼等等。

　　因為孔子在教育上和思想上的偉大貢獻，我們就尊稱他為「至聖先師」。「至聖」，就是「超級聖人」；「先師」，就是「有史以來，最棒的老師」。不但我們中國人尊敬他，連日本、韓國、琉球、越南、新加坡的人民，一提到孔子，也會豎起大拇指，說：「讚！」還有，現在許多歐美的學者，了解他的偉大之後，也開始研究他。所以，我如果說孔子是兩千五百歲的酷老師，你應該會同意吧！

　　對了，孔子的綽號還沒告訴你。兩千
五百年前，大家普遍營養不良，個子都不
高，可是孔子遺傳了父親的身材，長得很
高，所以有一個綽號，叫做「長人」。

孔子小檔案

前 551 年　誕生於春秋時代的魯國陬邑昌平鄉。

前 549 年　父親叔梁紇去世。

前 537 年　十五歲開始發憤讀書。

前 535 年　母親顏徵在去世。

前 532 年　兒子伯魚誕生。

前 522 年　三十歲時已成為有學問的青年，在此前後開始開課講
　　　　　學。

前 517 年　至齊國。

前 515 年　齊大夫揚言欲害孔子，孔子自齊返魯。

前 501 年　任中都宰。

前 500 年　夾谷（在今天的山東）之會時解除齊君劫持魯定公的
　　　　　危機。

前 499 年　任魯國大司寇。

前 497 年　開始周遊列國。

前 489 年　到楚國任官途中，在陳、蔡兩國之間被包圍，絕糧七
　　　　　日之久。

前 484 年　返回魯國，刪《詩》、《書》，訂《禮》、《樂》，修《春
　　　　　秋》，並且繼續聚徒授業。

前 481 年　弟子顏回卒。齊國政變，弟子宰予死於難。

前 480 年　衛國政變，弟子子路死於難。

前 479 年　病逝。

寫書的人

李寬宏

臺灣屏東人。天生十個大拇指和兩隻左腳，卻偏偏喜歡彈鋼琴、游泳和跳舞。朋友笑他「無自知之明」，他的回答是：「只要我喜歡，有什麼不可以？」

清華大學核子工程學士，美國普度大學機械工程碩士、博士。曾經獲得《中外文學》第一屆短篇小說獎。學的是理工，真正的最愛卻是文學和音樂。

一言以蔽之：不務正業。

畫畫的人

武建華

1940 年代生於南京，自學繪畫，長期從事報紙美術編輯工作。1980 年代開始兒童圖書繪畫創作；1987 年《龍燈》獲中國兒童圖畫插圖優秀獎；1989 年繪本《神女峰》獲 BIB 世界繪本榮譽獎；1997 年在墨西哥出版《龍蝦島》並獲墨西哥書展優秀插圖獎；1999 年日本知弘美術館收藏《神箭手》原畫；2001 年日本東京小學館出版繪本《長舌婆》；2002 年該書獲「第 33 回講談社出版文化獎繪本獎」；2003 年三民書局出版繪本《會點頭的麵條》。

張維采

1940 年代生於內蒙，求學於北京、南京，受家庭影響自學雕塑、繪畫，曾主持創作北京中華世紀壇「中華世紀鐘」的雕塑工作。與武建華合作完成圖畫書《神箭手》、《長舌婆》、《龍蝦島》、《會點頭的麵條》等。

小 詩 人 系 列

每個孩子都是天生的詩人

您是不是常被孩子們千奇百怪的問題問得啞口無言？
是不是常因孩子們出奇不意的想法而啞然失笑？
而詩歌是最能貼近孩子們不規則的思考邏輯。

現代詩人專為孩子寫的詩

由十五位現代詩壇中功力深厚的詩人，將心力灌注在一首首專為小朋友所寫的童詩，讓您的孩子在閱讀之後，打開心靈之窗，開闊心靈視野。

豐富詩歌意象，激發想像力

有別於市面上沒有意象、僅注意音韻的「兒歌」，「小詩人系列」特別注重詩歌的隱微象徵，蘊含豐富的意象，最能貼近孩子們不規則的邏輯。詩人不特別學孩子的語言，取材自身邊的人事物，打破既有的想法，激發小腦袋中無限的想像力與創造力。

詩後小語，培養鑑賞能力

在每一首詩後附有一段小語，提示詩中
的意象、或引導孩子創作，藉此培養孩
子們鑑賞的能力，開闊孩子們的視野，
進而建立一個包容的健全人格。

釋放無限創造力，增進寫作能力

在教育「框架」下養成的孩子，雖有無限的想像空
間，卻常被「框架」限制了發展。藉由閱讀充滿活
潑想像的詩歌，釋放心中無限的想像力與創造力，
並在詩歌簡潔的文字中，學習駕馭文字能力，進而
增進寫作的能力。

親子共讀，促進親子互動

您可以一起和孩子讀詩、欣賞詩，甚至
是寫寫詩，讓您和孩子一起體驗童詩繽
紛的世界。

兒童文學叢書

影響世界的人

一套十二本，介紹十二位「影響世界的人」，看：

釋迦牟尼、耶穌、穆罕默德如何影響世界的信仰？

孔子、亞里斯多德、許懷哲如何影響世界的思想？

牛頓、居禮夫人、愛因斯坦如何影響世界的科學發展？

貝爾便利多少人對愛的傳遞？

孟德爾引起多少人對生命的解讀？

馬可波羅激發多少人對世界的探索？

他們曾是影響世界的人，
　　而您的孩子將是——
未來影響世界的人

三民網路書店 會員

獨享好康
大 放 送

書 種 最 齊 全
服 務 最 迅 速

通關密碼：A9559

憑通關密碼
登入就送 100 元 e-coupon。
（使用方式請參閱三民網路書店之公告）

生日快樂
生日當月送購書禮金 200 元。
（使用方式請參閱三民網路書店之公告）

好康多多
購書享 3% ～ 6% 紅利積點。
消費滿 350 元超商取書免運費。
電子報通知優惠及新書訊息。

超過百萬種繁、簡體書、外文書 5 折起

三民網路書店 www.sanmin.com.tw